AF601004

ÉTUDE DE Me COLLOT, COMMISSAIRE-PRISEUR, A BEAUNE

CATALOGUE

DES

OBJETS D'ART

ET

D'ARCHÉOLOGIE

Sculptures en bois et ivoire; fragments en marbre blanc provenant des tombeaux des Ducs de Bourgogne, à Dijon; Emaux champlevés, Emaux de Limoges; vitraux; armes anciennes, médailles, monnaies, sceaux, meubles sculptés des XVe *et* XVIe *siècles, antiquités, bronzes, vases terre peinte, haches, couteaux en silex, objets variés, tableaux, dessins, gravures, et un grand nombre de pièces concernant Dijon et la Bourgogne*

COMPOSANT LA COLLECTION

De feu M. Félix BAUDOT, ancien magistrat

dont la Vente aux enchères aura lieu

A BEAUNE (CÔTE-D'OR)

DANS UNE DES SALLES DE L'HÔTEL DE VILLE

Au profit de l'Hospice de la charité de Beaune et en vue de la création d'un orphelinat.

le lundi 9 avril 1883

ET JOURS SUIVANTS, A UNE HEURE

par le ministère de Me COLLOT, Commissaire-priseur à Beaune

Assisté de M. POUCHETTI, expert, 38, rue Chabot-Charny, à Dijon

---

EXPOSITION PUBLIQUE

les jeudi 5, vendredi 6 et samedi 7 avril

De une heure à quatre heures

A L'HÔTEL DE VILLE DE BEAUNE

DIJON

IMPRIMERIE DARANTIERE, RUE CHABOT-CHARNY

1883

DIJON, IMPRIMERIE DARANTIERE
Rue Chabot-Charny, 65.

ORDRE DES VACATIONS

DÉSIGNATION DES PRINCIPAUX OBJETS

Lundi 9 avril.

Nos 2, 5, 12, 24, 75, 84, 112, 117, 232.

Mardi 10 avril.

Nos 3, 7, 10, 23, 74, 88, 113, 143, 200 à 210, 236, 251.

Mercredi 11 avril.

Nos 1, 8, 16, 32, 72, 83, 114, 150, 159 à 175, 186, 276.

Jeudi 12 avril

Nos 4, 9, 14, 31, 73, 85, 115, 151. 176 à 185, 242, 246, 270 à 275.

Vendredi 13 avril

Nos 6, 13, 15, 21, 29, 86, 87, 116, 158.

Samedi les objets restant.

A chaque vacation il sera vendu des tableaux, dessins, des gravures, des bronzes, des marbres, des bois sculptés, des antiquités et un grand nombre d'objets non catalogués.

Nous annoncerons avec soin l'état des objets. L'exposition de 3 jours mettant le public à même de se rendre compte de leur état, il ne sera admis aucune réclamation une fois l'adjudication prononcée.

CATALOGUE

DE LA COLLECTION

D'OBJETS D'ART

ET

D'ARCHÉOLOGIE

De feu M. Félix BAUDOT, ancien magistrat

POUR RENSEIGNEMENTS

S'adresser à M. Pouchetti, *rue Chabot-Charny,* 38, *à Dijon, qui se chargera des commissions pour les personnes qui ne pourraient assister à la vente.*

CONDITIONS DE LA VENTE

Le prix sera payé COMPTANT entre les mains du commissaire priseur.

5 p. 100 en sus du prix d'adjudication.

LE CATALOGUE se trouve à Beaune, chez Me **COLLOT**, commissaire priseur,

A DIJON

Chez M. **POUCHETTI**, expert, rue Chabot-Charny, 38.

M. Félix Baudot, ancien magistrat, avait, pendant de longues années, réuni en son château de Pagny un grand nombre d'objets d'art et d'archéologie, qu'il a légués à l'hospice de Beaune, pour la fondation d'une bonne œuvre; cette belle collection est bien choisie et très variée.

En voici la désignation sommaire : meubles, marbres, pierres, bronzes, armes, vitraux, émaux, ivoires, verreries, tableaux, mignatures, gravures, dessins, sceaux, monnaies, etc., etc., des époques anté-historiques, Grecque, Romaine, Gallo-Romaine, Gauloise, Mérovingienne, Bysantine, Gothique, Renaissance, Louis XIII Louis XIV, etc., et un grand nombre de pièces concernant Dijon et la Bourgogne.

Indépendamment du cabinet d'objets d'art, il y a une nombreuse bibliothèque riche en raretés, puis des chartes, des cartulaires et des autographes d'hommes célèbres, 1,200 au moins, qui sera vendue après le cabinet, dans le même local.

M. Lamarche, libraire, place Saint-Etienne, à Dijon, qui est chargé de cette vente, adressera le catalogue aux amateurs qui lui en feront la demande.

CATALOGUE

MEUBLE

1. GRAND ET BEAU MEUBLE, du XVIe siècle, à 4 portes et 2 tiroirs.

Sur la partie inférieure, trois cariatides terminées en gaînes dans les panneaux des niches, au centre desquelles sont peintes, en grisaille les figures de la Prudence et de la Tempérance. Ces niches sont entourées de chutes de fruits et surmontées d'un mascaron.

Sur les tiroirs, des feuilles de chêne ; à la partie supérieure, trois cariatides terminées en gaînes; sur les panneaux, un fronton supporté par quatre colonnettes amorties par des petites consoles ; au centre, les figures de la Force et de la Justice en grisaille.

Toutes les moulures sont finement sculptées, très belle conservation.

Hauteur, 1 m. 80 c. — Largeur, 1 m. 55 c.

2. CRÉDENCE GOTHIQUE, en chêne, à trois pans. Les panneaux de style ogival sont finement sculptés, les ferronneries bien conservées. . . . . 300 fr.

Hauteur, 1 m. 40. — Largeur, 0 m. 80.

3. BAHUT EN CHÊNE du XVe siècle. La face est décorée d'un panneau finement sculpté, divisé en cinq compartiments ; sur celui du centre, les armes de France ; aux extrémités des armes d'alliance, l'une des fleurs de lys et dauphins, l'autre des ermines et des tours ; les deux compartiments intermédiaires, de grandes fleurs de lys.

Belle serrure de l'époque.

Hauteur, 0 m. 65 c. — Largeur, 1 m. 40 c.

4. Grand bahut gothique, en chêne. La face et les côtés sont ornés de onze panneaux, celui du centre les armes des Porcherot, d'autres surmontés de couronnes.

Ils sont séparés par des ferronneries découpées à jour, la serrure de l'époque est fort belle.

Hauteur, 0 m. 80 c. — Largeur, 1 m. 75 c.

5. Un grand siège en chêne, du xve siècle, les panneaux du dossier très finement sculptés, ils sont surmontés d'une frise à jour.

Hauteur, 1 m. 90 c. — Largeur, 0 m. 65 c.

6. Bahut en chêne, Renaissance. La face est décorée de 4 bas-reliefs sous des arcatures représentant la Naissance du Christ, le Portement de Croix, le Crucifiement, et une scène de l'Apocalypse.

Hauteur, 0 m. 80 c. — Largeur, 1 m. 70 c.

7. Bahut en noyer gothique. La face est décorée de 5 panneaux ; dans le panneau du milieu, une Colombe tenant une banderolle, au-dessus une frise gothique.

Hauteur, 0 m. 75 c. — Largeur, 1 m. 40 c.

8. Bahut en noyer. La face est ornée de sept petits dais abritant des personnages de saints, séparés par des colonnettes en haut relief. Serrure en fer de l'époque.

Hauteur, 0 m. 70 c. — Largeur, 1 m. 50 c.

9. Bahut en noyer, du xve siècle. La face est décorée d'un bas-relief, composé de 9 personnages représentant l'adoration des mages, sous des arcades gothiques. Ferronneries de l'époque.

Hauteur, 0 m. 90 c. —Largeur, 1 m. 90 c.

10. Bahut en noyer du xve siècle. Sur la face, riche sculpture et serrure de l'époque.

Hauteur, 0 m. 65 c. — Largeur, 1 m. 30 c.

11. Tabernacle gothique, colorié, doré sur les côtés, peinture représentant d'un côté un moine de Cîteaux et saint Jean, de l'autre un ange adorant la sainte Hostie.

Hauteur, 0 m. 65 c.

12. Siège renaissance en fruitier. Le dossier est orné d'un cartouche, au centre duquel sont les armoiries de Bourgogne.

Hauteur, 0 m. 95 c. — Largeur, 0 m. 42 c.

13. Petit meuble en chêne, à deux portes, servant de médaillé, orné de quatre bas-reliefs, représentant diverses scènes de la Décollation de saint Jean.

Hauteur, 1 m. 85 c. — Largeur. 0 m. 95 c.

14. Petit meuble à deux portes, palissandre, ébène et ivoire; à l'intérieur quatorze tiroirs, richement ornés d'incrustation d'ébène et ivoire gravés; l'intérieur des portes est également ornée d'incrustation ébène et ivoire gravés, représentant deux cavaliers, costumes de l'époque d'Henri IV, soubassement en colonne torse.

Hauteur, 1 m. 75 c. — Largeur, 0 m. 90.

15. Bahut en noyer, du xve siècle. La face et les côtés sont richement brodés de sculptures ogivales.

Hauteur, 0 m. 80 c. — Largeur, 1 m. 80 c.

16. Crédence en chêne, du xve siècle, à deux portes et deux tiroirs, richement sculptés.

Les serrures et les charnières de l'époque sont en fer finement ciselées.

Hauteur, 1 m. 45 c. — Largeur, 1 m. 15 c.

17. Un escabeau Renaissance, en noyer sculpté.

Hauteur, 0 m. 60 c. — Largeur, 0 m. 35 c.

18. Table Louis XIII, pieds torses, traverse unie.

Hauteur, 0 m. 70 c. — Largeur, 1 m.

19. Table Louis XIII, pieds et traverse torses.

Hauteur, 0 m. 72 c. — Largeur, 0 m. 98 c.

20. Table Louis XIII, à torse et croisillon.

Hauteur, 0 m. 78 c. — Largeur, 0 m. 98 c.

21. Console en chêne sculpté de l'époque Louis XV, au centre une tête de femme.

Dessus de marbre.

Hauteur, 0 m. 80 c. — Largeur, 2 m.

22. Gaine en chêne ornée de sculptures.

Hauteur, 1 m. 30. — Largeur, 0 m. 45 c.

23. GRAND CALVAIRE gothique haut relief. Trois scènes de la vie de Jésus-Christ, au centre le crucifiement, à gauche le portement de croix, et à droite la mise au tombeau ; les costumes des personnages, au nombre de 25, sont rehaussés d'or et de peinture.

Hauteur, 1 m. 40 c. — Largeur, 1 m. 45.

24. HAUT RELIEF en bois sculpté sous des couvre-chefs gothiques. Trois personnages représentant, au centre, la Vierge assise, à gauche, sainte Catherine, à droite, saint Nicolas. . . . . 99 f.

Hauteur, 0 m. 23. — Largeur, 0 m. 35.

25. Sous un COUVRE-CHEF gothique, saint Bernard, demi-grandeur nature, près d'un tonneau rempli de raisins, supporté par un écusson aux armes des de Godrans.

HAUT RELIEF polychrôme qui ornait l'angle de la maison où est né saint Bernard, à Fontaines-les-Dijon.

Hauteur, 1 m. 30 c. — Largeur, 0 m. 30 c.

26. STATUETTE DE LA VIERGE, renaissance, draperies dorées avec inscriptions sur les bords.

Hauteur, 0 m. 38 c.

27. STATUETTE DE SAINT FRANÇOIS, vêtements dorés.

Hauteur. 0 m. 40 c.

28. FRAGMENT D'UN PANNEAU GOTHIQUE divisé en trois scènes représentant la mise au tombeau, la résurrection et sainte Marthe.

Hauteur, 1 m. 10 c. — Largeur, 0 m. 20 c.

29. GRAND CHRIST en bois du XVe SIÈCLE polychrôme et draperie dorée.

Hauteur du Christ, 0 m. 70 c.

30. Un BAS RELIEF gothique divisé en deux compartiments, dans l'un saint Georges et l'autre saint Paul.

Hauteur, 1 m. 15 c. — Largeur, 0 m. 18 c.

31. Un CARTOUCHE en bois sculpté, armorié, provenant du Palais-de-Justice de Dijon.

32. Trois ARMOIRIES en bois sculpté et doré, aux armes de Cîteaux, des Massol et des Toulongeon.

Hauteur, 0 m. 30 c.

33. Une GLACE à bizeau dans un cadre en bois sculpté représentant des chutes de fleurs et de fruits dans lequel sont intercalés des mascarons, des petits amours et quatre aigles aux angles.

Hauteur, 1 m. — Largeur, 0 m. 80 c.

34. PETIT GROUPE en bois sculpté : la Vierge et l'Enfant Jésus. . . . . 70 fr.

Hauteur, 0 m. 30 c.

35. VIERGE en noyer tenant l'Enfant Jésus.

Hauteur, 1 m.

36. BAS RELIEF en chêne représentant l'Assomption de la Vierge, par Dubois, dans un cadre en ébène.

Hauteur, 0 m. 70 c. — Largeur, 0 m. 60 c.

37. Un GROUPE en noyer représentant une *Mater dolorosa.*

Hauteur, 0 m. 60 c.

38. BAS RELIEF gothique, au centre deux anges tenant un calice.

Hauteur, 0 m. 60 c. — Largeur, 0 m. 28 c.

39. VIERGE ASSISE en noyer, elle tient l'Enfant Jésus. Deux bras manquent.

Hauteur, 0 m. 65 c.

40. VIERGE ASSISE tenant l'Enfant Jésus ; un bras manque.

Hauteur, 0 m. 65 c.

41. PANNEAU en bois sculpté, représentant l'Arbre généalogique de la Sainte Vierge.

Hauteur, 1 m. 15 c. — Largeur, 0 m 40.

42. Statuette en bois, époque du xvie siècle, représentant saint Etienne, il tient un livre. Vêtement colorié et rehaussé d'or.

Hauteur, 0 m. 45 c.

43. Deux grands panneaux en chêne sculpté; droite et gauche, la partie supérieure arrondie.

Hauteur, 1 m. 50 c. — Largeur, 0 m. 46 c.

44. Saint Denis, statuette coloriée.

Hauteur, 0 m. 70 c.

45. Statue de Vierge assise, en noyer.

Hauteur, 0 m. 70 c.

46. Petit fronton, en bois sculpté, représentant la sculpture et la peinture, par Dubois.

47. Console en chêne, représentant une tête de femme ayant une couronne de marquise.

49. Panneau gothique en chêne.

Hauteur, 1 m. 15 c. — Largeur, 0 m. 50 c.

50. Le lion de Saint-Marc, du xve siècle. . . . .

Hauteur, 0 m. 40 c.

51. Deux panneaux gothiques à jour, dans un cadre.

Hauteur, 0 m. 75 c. — Largeur, 0 m. 60 c.

52. La Vierge et sainte Anne, groupe en bois sculpté.

Hauteur, 0 m. 28 c.

53. Sous un manteau d'hermine, surmonté d'une couronne de marquis, deux écussons armoriés.

Hauteur, 0 m 60 c. — Largeur, 0 m. 40 c.

54. Bas-relief gothique, en bois, représentant saint Sébastien.

Hauteur, 0 m. 30 c. — Largeur, 6 m. 40 c.

55. Deux panneaux gothiques, arrondis à la partie supérieure, représentant l'un la Visitation et l'autre Samson.

Hauteur, 1 m. 40 c. — Largeur, 0 m. 45 c.

56. Deux statuettes, un saint Bruno, statuette dorée et un saint Roch.

Hauteur, 0 m. 30 c.

57. Statuette de saint Louis, roi de France, époque de Louis XIV polychrone et dorée.

Hauteur, 0 m. 40 c.

58. L'enfant Jésus, tenant une croix en noyer sculpté.

Hauteur, 0 m. 50 c.

59. Statuette de la sainte Vierge tenant l'enfant Jésus, époque Louis XV, polychrone et dorée. . . . . 100 fr.

Hauteur, 0 m. 40 c.

60. Deux petits panneaux gothiques, découpés à jour.

Hauteur, 0 m. 50 c. — Largeur, 0 m. 15 c.

61. Dessus de panneaux en bois sculpté. Armoirie gothique.

62. Bas-relief représentant la Nativité et l'arrivée des Bergers, 10 personnages.

Par Moreau père.

Hauteur, 0 m. 48 c. — Largeur, 0 m. 48 c.

63. Bas-relief ovale, représentant le portrait de Louis XV, grandeur naturelle. . . . . 28 fr.

64. Deux reliquaires Louis XV, en bois sculpté et doré.

65. Dans une chasse Louis XIV, en bois sculpté et doré un groupe de deux Evêques couronnant un saint.

Hauteur, 1 m. 10 c.

66. Deux chapiteaux en bois, par Hugues Sambin. 255 fr.

Hauteur, 0 m. 17 c.

67. Panneau gothique en noyer, armoirie au centre.

Hauteur, 0 m. 65 c. — Largeur, 0 m. 40 c.

69. Buste de saint Bernard, dans lequel il y a un reliquaire.

Hauteur, 0 m. 20 c.

70. Un fragment de panneau sculpté.

71. Un grand autel composé de colonnes torses supportant un entablement sur lequel est un fronton.

Hauteur, 3 m. 50 c. — Largeur, 1 m. 80 c.

MARBRE SCULPTÉ

72. La Vierge et l'enfant Jésus. Très belle statue gothique, travail remarquable et belle conservation.

Hauteur, 0 m. 65 c.

73. Deux grands Couvre-chefs supportés par des colonnettes provenant des tombeaux des ducs de Bourgogne.

Hauteur, 0 m. 65 c.

74. Petit groupe gothique composé de quatre personnages d'une très grande finesse, représentant l'évanouissement de la Vierge.

Hauteur, 0 m. 30 c.

75. Buste en marbre de Louis Moussier, vicomte mayeur de Dijon, par Marlet, sculpteur, né à Beaune.

Hauteur, 0 m. 65 c.

76. Médaillon représentant le portrait du seigneur de Sacquenay.

77. Buste en marbre de l'époque, représentant le grand Condé.

Hauteur, 0 m. 24 c.

78. Buste de femme coiffée d'une couronne de laurier.

Hauteur, 0 m. 40 c.

79. Portrait de jeune fille, chevelure frisée et le buste nu. . . . . 82f.

Hauteur, 0 m. 25 c.

80. Mascaron tête de femme, serpents entrelacés dans la chevelure.

Hauteur, 0 m. 25 c.

81. Statue agenouillée, du xve siècle, représentant un abbé de Labussière.

Hauteur, 0 m. 70 c.

82. Attribut apocalyptique, xve siècle.

Hauteur, 0 m. 40 c.

PIERRES SCULPTÉES

83. Grand Bas relief du xve siècle, sous des couvre-chefs supprtés par des colonnettes; trois scènes représentant le Christ et sainte Magdeleine, le couronnement de la Vierge et le martyre de saint Didier.

Bas relief colorié sur fond d'or.

Hauteur, 0 m. 80 c. — Largeur, 1 m. 45 c.

84. Deux Niches gothiques, travail du xve siècle, d'une très grande finesse, l'une est surmontée d'un pinacle.

Hauteur, 0 m. 80 c.

85. L'Annonciation. Bas relief gothique polychrôme; au bas l'Ange annonce à Marie quelle concevra sans péché ; dans le haut le Père-Eternel, le Saint-Esprit et un ange.

Très fin et bonne conservation.

Hauteur, 0 m. 40 c. — Largeur, 0 m. 25 c.

86. Un Ex-voto haut relief en pierre coloriée. Un seigneur accompagné de sa suite rend grâce à la Vierge du succès d'une chasse faite à des animaux féroces qui infestaient le pays.

Ce bas relief, du XVIe SIÈCLE, provient d'un monument de la ville de Seurre.

Hauteur, 0 m. 80 c. — Largeur, 1 m. 45 c.

87. GROUPE en pierre représentant la Vierge abritant sous son manteau les abbés de Cîteaux.

Hauteur, 0 m. 75 c. — Largeur, 0 m. 70 c.

88. CALVAIRE. Christ en croix, au pied les saintes femmes, des anges avec des calices viennent recueillir le sang du Christ, XVe SIÈCLE.

Hauteur, 1 m. — Largeur, 0 m. 50 c.

89. CLEF DE VOUTE, provenant de Saint-Etienne, dorée sur fond bleu.

Largeur 0 m. 40 c.

90. CARTOUCHE aux armes des Morlaix surmonté d'un casque fermé.

Hauteur, 0 m. 80 c.

91. GRANDE STATUE DE LA VIERGE, XVe SIÈCLE.

Hauteur, 1 m. 45 c.

92. STATUETTE en pierre coloriée représentant Charles-le-Téméraire enfant.

Hauteur, 0 m. 85 c.

93. Treize CHAPITEAUX en pierre sculptée de diverses époques.

94. CLEF DE VOUTE représentant la Trinité entourée de quatre anges. Belle sculpture du XVe SIÈCLE.

Hauteur, 0 m. 60 c. — Largeur, 0 m. 60 c.

95. BUSTE en pierre d'homme et de femme de l'époque Louis XV.

96. FUITE EN EGYPTE, haut relief, XVIe SIÈCLE.

Hauteur, 0 m. 52 c. — Largeur, 0 m. 81 c.

97. Trois Statuettes, un lion et une tourelle gothique.

98. Buste de François-Claude Jeannin, avocat au Parlement de Dijon.

Hauteur, 0 m. 75 c.

99. Statuette représentant un chevalier, un lion sous ses pieds.

Hauteur, 0 m. 90 c.

100. Vierge gothique tenant de la main droite un bouquet de fleurs, de l'autre l'Enfant Jésus.

Hauteur, 0 m. 80 c.

101. Statuette en pierre coloriée représentant saint Roch.

Hauteur, 0 m. 85 c.

102. Ecusson en relief du xve siècle.

Hauteur, 0 m. 80 c.

103. Inscription tombale d'Argrimus, évêque de Langres.

Hauteur, 0 m. 18. — Largeur, 0 m. 40 c.

104. Statue représentant sainte Marguerite.

Hauteur, 1 m.

105 Statuette en pierre coloriée représentant saint Bénigne.

Hauteur, 0 m. 70 c.

106. Saint Sébastien, statue en pierre polychrôme.

Hauteur, 0 m. 75 c.

107. Un pilastre renaissance sous un couvre-chef, un évêque ou abbé.

Hauteur, 0 m. 85 c.

108. Pinacle gothique en pierre sculptée.

Hauteur, 1 m.

109. Statue de la Vierge sur un socle en marbre orné d'un écusson.

Hauteur, 0 m. 80 c.

110. Tête de la Vierge noire, sur un socle en marbre blanc.

Hauteur, 0 m. 40 c.

111. Un Fut de colonne renaissance en pierre.

Hauteur, 1 m. 10 c.

TABLEAUX

112. Tryptique, peinture sur fond d'or, au centre la Vierge entourée d'anges et de saints; sur les volets, le Crucifiement et la mise au Tombeau.

Hauteur, 0 m. 50 c. — Largeur, 0 m. 45 c.

113. Tryptique, peinture sur fond d'or; au centre la Vierge, à droite saint Pierre et à gauche saint Paul.

Hauteur, 0 m. 35 c. — Largeur, 0 m. 40 c.

114. La résurrection, peinture sur fond d'or, xvie siècle.

Hauteur, 1 m. 5[illegible] c. — Largeur, 0 m. 70 c.

115. Peinture sur bois et fond d'or, représentant l a Nativité, la Vierge à genoux devant l'étable; devant elle le Christ, entouré d'anges qui l'adore, époque du xve siècle.

Hauteur, 1 m. — Largeur, 0 m. 75 c.

116. Peinture sur fond d'or. Le Christ au centre, la Vierge et saint Jean aux côtés; au pied de la croix, sain Bernard agenouillé.

Hauteur, 0 m. 55 c. — Largeur, 0 m. 44 c.

117. Peinture sur bois, représentant le naufrage d'Eude duc de Bourgogne, revenant de la Terre-Sainte, où il vœu de bâtir la Sainte-Chapelle.

Hauteur, 0 m. 60 c. — Largeur. 0 m. 70 c.

118. PEINTURE sur fond d'or, fragment d'un tryptique ; saint-Bénigne et une religieuse en prière.

Hauteur, 1 m. 20 c. — Largeur, 0 m. 45 c.

119. PEINTURE sur bois. Pierre Thuret, maître d'hôtel de l'amiral Chabot-Charny, ayant derrière lui saint Pierre, remercie Dieu d'avoir échappé à un danger.

Hauteur, 0 m. 50 c. — Largeur, 0 m. 80 c.

120. PEINTURE sur bois, portrait de la princesse Marie de Bourgogne.

Hauteur, 0 m. 50 c. — Largeur, 0 m. 32 c.

121. PEINTURE sur toile, portrait d'Elisabeth Marlot, épouse de Jean Joly.

Hauteur, 0 m. 80 c. — Largeur, 0 m. 65 c.

122. PEINTURE représentant saint Michel, défendant le corps de Moïse. Par A. Devosge. . . . . 60 fr.

Hauteur, 0 m. 10 c. — Largeur, 0 m. 15 c.

123. PEINTURE sur toile, portrait de Jean Joly.

Hauteur, 0 m. 80 c. — Largeur, 0 m. 65 c.

124. PEINTURE sur toile, portrait du président Jeannin.

Hauteur, 0 m. 42 c. — Largeur, 0 m. 34 c.

125. PEINTURE sur fond d'or, panneau représentant une Mater Dolorosa.

Hauteur, 0 m. 70 c. — Largeur, 0 m. 28 c.

126. PEINTURE sur bois, représentant un songe de saint Joseph, cadre en bois sculpté.

Hauteur, 0 m. 80 c. — Largeur, 0 m. 45 c.

127. PEINTURE sur bois, tableau de fondation ; au centre le Christ en croix ; à droite et à gauche, quatre personnages, évêque et moine.

Hauteur, 0 m. 70 c. — Largeur, 1 m. 40 c.

128. Peinture sur bois rehaussée de ton d'or, représentant la messe de saint Grégoire, pape; xve siècle.

Hauteur, 0 m. 60 c. — Largeur, 0 m. 40 c.

129. Portrait d'un moine, peinture sur bois.

Hauteur, 0 m. 28 c. — Largeur, 0 m. 22 c.

130. Portrait de Machefouin, maire de Dijon, peinture sur bois.

Hauteur, 0 m. 34 c. — Largeur, 0 m. 24 c.

131. Portrait sur bois, d'un personnage du xvie siècle.

Hauteur, 0 m. 22 c. — Largeur, 0 m. 18 c.

132. Peinture sur cuivre, visite de sainte Elisabeth à la sainte Vierge.

Hauteur, 0 m. 35 c. — Largeur, 0 m. 28 c.

133. Peinture sur toile, Présentation de la sainte Vierge au temple.

Houteur, 0 m. 75 c. — Largeur, 0 m. 65 c.

134. Peinture sur bois. La Vierge et l'Enfant Jésus.

Hauteur, 0 m. 22 c. — Largeur, 0 m. 18 c.

135. Peinture sur bois représentant le Portement de Croix.

Hauteur, 1 m. 50 c. — Largeur, 1 m.

136. Vision de saint Bernard, peinture sur cuivre, école des Franck.

Hauteur, 0 m. 20 c. — Largeur, 0 m. 15 c.

137. Peinture sur bois, portrait de Conrad, dix-huitième abbé de Cîteaux.

Hauteur, 0 m. 03 c. — Largeur, 0 m. 25 c.

138. Portrait ovale d'Antoine Joly.

Hauteur, 0 m. 20 c. — Largeur, 0 m. 15 c.

139. PEINTURE sur toile, portrait du président Jeannin.

Hauteur, 0 m. 63 c. — Largeur, 0 m. 45 c.

140. PEINTURE sur toile ovale, Joly, chanoine de Saint-Etienne de Dijon.

Hauteur, 0 m. 70 c. — Largeur, 0 m. 52 c.

141. PEINTURE sur toile, portrait de Legoux de La Berchère, premier président au Parlement de Grenoble.

Hauteur, 0 m. 15 c. — Largeur, 1 m.

142. PEINTURE sur toile, tête de Vierge.

Hauteur, 0 m. 45 c. — Largeur, 0 m. 35 c.

143. PEINTURE sur bois dans un cadre en bois sculpté, trois personnages, famille de Perrenot de Granvelle, conseiller au Parlement de Dôle, en 1518, chancelier en 1530.

Hauteur, 0 m. 90 c. — Largeur, 0 m. 75 c.

144. PEINTURE sur toile, portrait de Jean Bouhier, quatrième du nom, président au Parlement de Bourgogne.

Hauteur, 1 m. — Largeur, 0 m. 80 c.

145. PEINTURE sur toile ovale, portrait du président Berbisey.

Hauteur, 1 m. — Largeur, 0 m. 80 c.

146. PEINTURE sur toile, portrait d'homme aux armes de Léas de la Bastie.

Hauteur, 1 m. — Largeur, 0 m. 78 c.

147. DEUX PEINTURES sur toile, dans des cadres en bois sculptés et dorés, représentant les portraits des frères Bouillé, les deux premiers évêques de Dijon.

Hauteur, 0 m. 80 c. — Largeur, 0 m. 63 c.

148. PEINTURE sur toile, portrait de Messire-François Trouvé, abbé général de Citeaux, en 1748.

Hauteur, 1 m. 10 c. — Largeur, 0 m. 90 c.

149. PEINTURE sur toile, portrait de Jules Pérard, conseiller au Parlement de Bourgogne.

Hauteur, 0 m. 60 c. — Largeur, 0 m. 50 c.

150. PEINTURE grisaille, scène mythologique, par B. Gagneraux.

Hauteur, 0 m. 70 c. — Largeur, 0 m. 50 c.

151. PEINTURE sur toile, saint Antoine, par Lallemand.

Hauteur, 0 m. 50 c. — Largeur, 0 m. 35 c.

152. PAYSAGE, peinture sur toile.

Hauteur, 0 m. 80 c. — Largeur, 0 m. 50 c.

153. TRÈS JOLIE MINIATURE DE LOUIS XVI, dans un cadre en cuivre doré.

Hauteur, 0 m. 07 c.

154. PEINTURE sur bois, Jésus et Lazare dînant chez Marthe; au premier plan, cuisinier préparant le repas.

Hauteur, 0 m. 25 c. — Largeur, 0 m. 37 c.

155. PEINTURE sur toile, portrait d'Henry de Bourbon, prince de Condé.

Hauteur, 0 m. 60 c. — Largeur, 0 m. 47 c.

156. PEINTURE sur bois, Bernardus, quatrième abbé cistercien.

Hauteur, 0 m. 30 c. — Largeur, 0 m. 20 c.

157. PEINTURE sur toile ovale, Théophile Berlier, conventionnel, né à Dijon.

Hauteur, 0 m. 65 c. — Largeur, 0 m. 50 c.

158. PEINTURE sur toile, portrait du grand Carnot. . 205 f.

Hauteur, 0 m. 20 c. — Largeur, 0 m. 15 c.

ARMES

159. Une Bourguignotte richement gravée d'ornement très fin.

160. Morion gravé de personnages et ornements.

161. Belle hallebarde, lame très longue, forte arête des deux côtés, richement gravée et dorée.

162. Grande et belle armure du xvie siècle.

163. Petit fusil, le bois est couvert de jolies incrustations en ivoire et nacre finement gravées, cette arme bien complète est parfaitement conservée.

164. Grand fusil de rempart, monture incrustée de plaquettes d'ivoire gravées.

165. Grand fusil bien incrusté de jolis ornements et figures en filigranes d'acier.

166. Canon appelé fusil à croc, du xve siècle, ayant fait partie de l'arsenal de Charles-le-Téméraire, dernier duc de Bourgogne.

167. Deux Pistolets Louis XIII, la monture en bois de fer avec incrustation en ivoire gravé.

168. Un petit canon en fonte avec la date 1584.

169. Hallebarde lame large, longue, à petites oreilles, gravées avec l'inscription IMMS, dans le cartouche du bas : Seurre, aux armes de Seurre.

170. Hallebarde lame longue, étroite, à petites oreilles, gravée d'ornement.

171. Hallebarde à pointe quadrangulaire.

172. Une épée à deux mains, lame de 1 m. 20.

173. Pique en fer, modèle simple, avec une forte arête d'un côté.

174. Cotte de maille.

175. Une épée, garde à branches contournées, quillon recourbé, lame d'un mètre, trouvée dans la Saône et plusieurs autres épées.

IVOIRES

176. Une Paix en ivoire, le Christ en croix dans un cadre en cèdre, xve siècle.

177. Demi dyptique, Christ en croix et les saintes Femmes, du xve siècle.

178. Une Paix en ivoire, le crucifiement dans un cadre en cuivre doré, xve siècle.

179. Un Oliphant uni, monture en cuivre.

180. Oliphant bague sculptée provenant de l'abbaye de de Bèze, fracturé.

181. Une Paix en ivoire, saint Georges terrassant le Dragon, xvie siècle.

182. Un Pulvérin de forme ronde. Sur le pourtour, des chiens poursuivant un cerf et d'autres un sanglier, xvie siècle.

183. Une Paix en ivoire, l'Enfant Jésus et la Vierge assise sur un trône, xvie siècle.

184. Christ en ivoire monté sur un pied, avec incrustation de nacre.

185. UNE RAPE à tabac, Amphytrite ; dans la partie supérieure, une corbeille de fruits Louis X

VITRAUX

186. SIX VITRAUX représentant saint Antoine, l'Annonciation, la Nativité, sainte Marthe, sainte Catherine et la Résurrection. Vitraux français, grisailles rehaussées de ton d'or entourées d'ornements et de figures avec des banderolles sur lesquelles sont des inscriptions, exécution très fine, commencement du XVIe SIÈCLE.

187. VITRAIL en grisaille rehaussé de ton d'or dans un cadre en bois sculpté représentant le naufrage du duc Eudes de Bourgogne.

188. PAGES tenant le bâton royal et un écu grisaille rehaussée de ton d'or.

189. SAINTE ANNE, JOACHIM, CLÉOPHAS et SALOMÉ, grisaille rehaussée de ton d'or.

190. GRISAILLE rehaussée de ton d'or, représentant un chevalier à cheval, faucon au poing.

191. Le CHEVALIER SAINT GEORGES terrassant le Dragon, grisaille sur ton d'or.

Et quatre-vingts autres vitraux divers sujets, personnages, monogrammes, etc., tous de fabrication française.

BYSANTINS

192. CHRIST bysantin.

Hauteur, 0. m. 18 c.

193. UNE CROIX bysantine émaillée.

Hauteur, 0 m. 20 c.

194. Croix processionnelle, en cuivre.

Hauteur, 0 m. 50 c.

195. Croix bysantine émaillée. Christ gravé.

Hauteur, 0 m. 35 c.

196. Croix bysantine à double croisillon orné de chatons en pierre, dessins émaillés, très fins.

Hauteur, 0 m. 22 c.

197. Grande et belle Croix processionnelle bysantine, émaillée ; aux extrémités, médaillons représentant les évangélistes.

Hauteur, 0 m. 50 c.

198. Très belle Chasse bysantine, émaillée.

199. Une Custode émaillée.

MONNAIES, MÉDAILLES ET SCEAUX

200. Cent vingt-deux Jetons des Maires de Dijon, dont quatre en argent, contenus en deux casiers, nos 1 et 2.

201. Trente-quatre Jetons, maires de Beaune, Auxonne, abbaye de Cluny, etc., casier no 3.

202. Soixante-trois, Pièces ducs de Bourgogne et Chambre, des Comptes dont quatre en or, et dix-neuf en argent, casier no 4.

203. Soixante-trois Jetons des Etats de Bourgogne, dont quatre en argent, casier no 5.

204. Quarante Jetons des Elus, Parlement, Intendant, Sainte-Chapelle, etc., dont deux en argent, casier no 6.

205. Soixante-quatorze Pièces Mérovingiennes dont une en or et vingt-deux en argent, casier no 7.

206. DEUX CENT QUATRE-VINGT-QUATORZE MONNAIES ROMAINES, petit et grand bronze, dont vingt-six en argent contenues dans les casiers huit, neuf, dix, onze, douze, treize.

207. SEPT MÉDAILLES, le Canal de Bourgogne, les Mariages, l'Exposition de Dijon, etc., vingt-huit monnaies dont trois en argent, casier n° 14.

208. SOIXANTE PIÈCES GAULOISES, dont dix en argent, casier n° 15.

209. VINGT CACHETS, SCEAUX et COINS BOURGUIGNONS.

210. DEUX MÉDAILLES en bronze, les fontaines et le chemin de fer de Dijon.

DESSINS ET GRAVURES

211. DESSIN gouache et gravures un grand parchemin, liste d'abbés de Cîteaux, surmonté d'une grande miniature représentant la Vierge abritant sous son manteau les abbés de Cîteaux.

212. LA FUITE EN EGYPTE, miniature sur velin, rehaussée d'or.

212. DEUX VUES DE MONTMUZARD, d'après Lallemand, gouache.

214. DEUX VUES DE DIJON, Saint-Bénigne et l'Hôpital, gouache. . . . . 82 f.

215. UNE SUITE de six plans et élévation des bâtiments et façade de l'Abbaye de Cîteaux, par Lenoir le Romain, ces divers plans sont signés par lui. . . . .

216. SAINT-BÉNIGNE, miniature rehaussée d'or, sur velin.

217. AQUARELLE, par de Jolimont, représentant les anciens piliers de Notre-Dame de Dijon.

218. Cheminée de la grande salle du château de Joure, aquarelle, par de Jolimont.

219. Un Vitrail du xiiie siècle dans le transept de gauche de l'église Notre-Dame de Dijon, aquarelle, par de Jolimont.

220. Deux Allégories au lavis, sans signature.

221. Le prince de Condé, dessin allégorique au lavis, par Hoin.

222. Siège du chateau d'Églisemont, miniature rehaussée d'or.

223. Dessin lavis, élévation de la maison Nationale, façade du côté de la rue des Forges, *Caumont fecit.*

224. Vue de la rotonde de Saint-Bénigne au moment de la démolition, gouache.

225. Dessin au lavis de l'hôtel de Bretenière, par Caumont.

226. Vue de la rue Saint-Martin à Dijon, aquarelle, par de Jolimont.

227. Trois Dessins à la plume de Bénigne Gagneraux représentant les Sabines s'interposant entre les Romains et les Sabins.

228. Vue du Palais des États et de la Place, dessin original par de Jolivet. . . . . 105 fr.

229. Grand Char triomphal à l'occasion des réjouissances pour la rentrée du Parlement à Dijon, le 17 octobre 1788, dessin original de Devosge . . . . 72 fr.

230. *Mater Dolorosa,* vignette sur vélin rehaussé d'or.

231. Plan général de l'Eglise et des Bâtiments de l'Abbaye de Saint-Bénigne de Dijon, 1760, par Saint-Père.

232. TRENTE-SIX PIÈCES, dessins originaux concernant : rue Chabot-Charny, Lycée, Porte-d'Ouche, Logis du Roi, Hospice, Réunion du Tiers-Etat, Noblesse et Clergé, Château de Dijon, Abbaye Royale de Saint-Bénigne, Sainte-Chapelle, Musée, etc., etc.

233. DOUZE DESSINS-PLANS, décoration intérieure, élévation, etc., du Château et du Parc de Montmuzard.

234. DESSIN AU LAVIS, projet de construction du Palais-des-États fait par Moirville.

235. FAÇADE DE LA MAISON DU COIN DU MIROIR, dite des Chartreux, dessin par Antoine. . . . . 40 f.

236. DEUX BEAUX PLANS originaux, vues générales de Cîteaux et de Gilly, enrichies de dessins dans des cadres en bois sculpté.

237. VUE DE DIJON prise du Clos des Chartreux, par Lallemand.

238. JEUNE PATRE PRÈS D'UNE FONTAINE, dessin par Greuse, cadre en bois doré et sculpté.

239. ANCIEN PLAN DU CHATEAU DE DIJON.

240. BANNIÈRE DE CITEAUX imprimée sur soie, représentant la vision de saint Bernard.

241. LE CHEVALIER DE LA MORT ET L'ENLÈVEMENT D'AMYMONE, deux belles épreuves anciennes d'Albert Durer.

242. LA TAPISSERIE de Dijon, bonne épreuve polychrôme bien conservée.

243. LA RÉCEPTION DE SAINT BERNARD A CITEAUX, belle gravure.

244. VUE DE L'HÔTEL DE VILLE DE DIJON, par Jolivet.

245. La PROCESSION DE LA LIGUE, gravure coloriée provenant du cabinet Denon.

246. LA GRANDE VUE DE DIJON, par Antoine.

247. CHAR fait à Dijon à l'occasion de la naissance du duc de Bourgogne, gravure, par Dubois.

248. SERMENT D'ANNIBAL, dessin au lavis rehaussé de blanc, par B. Gagneraux.

Hauteur, 0 m. 45. — Largeur, 0 m. 38.

249. GRAVURE REPRÉSENTANT LA BATAILLE DE SÉNEF, d'après Van der Meulen.

250. ENTREVUE DE MAXIMILIEN D'AUTRICHE AVEC LA PRINCESSE MARIE DE BOURGOGNE, gravée par Kolb d'après Petter.

251. LES QUATRE DUCS DE BOURGOGNE, MARIE DE BOURGOGNE, FILLE DE CHARLES-LE-TÉMÉRAIRE ET JEANNE, REINE DE CASTILLE, gravés par Suyderhoef et Van Sompel, réunis dans un seul cadre. . . . . 12 f.

252. PORTRAIT DE BOSSUET, gravé par Drevet d'après Hyacinthe Rigaud. . . . . 7,50.

253. PORTRAIT DE MGR D'APCHON, gravé par Van Vandisly d'après Tischbein.

254. PORTRAIT DE PIERRE CALVAIRAC, par Drevet, d'après Audran.

255. PORTRAIT DE NICOLAS CHANLATTE, gravé par Duchesne d'après Voiriot.

256. LOUIS XVI, gravé par Bervic d'après Callet.

257. MARIE-ANTOINETTE, gravé par Roger d'après Roseline.

258. MARTYRE DE SAINT ÉTIENNE ET DE MOISE, deux gravures par Callot.

259. UNE SUITE de sept gravures, les Batailles d'Alexandre, par Lebrun.

260. PORTRAIT DE GABRIEL GRILLOT, gravé par Balechou d'après Autreau.

261. VISION DE SAINT BERNARD, gravé par Morin d'après Champaigne.

262. PORTRAIT DU DUC D'HARCOURT, Cadet Laperle. - 6 fr.

263. PORTRAIT D'ANDOCHE PERNOT, abbé de Cîteaux, gravé par Chereau d'après Hyacinthe Rigaud.

264. PORTRAIT DE LANGUET DE GERGY, par Cary.

265. NICOLAS LARCHER, abbé de Cîteaux, par H. Pons.. 50 fr..

266. PORTRAIT DE CHARLES GRAVIER, comte de Vergennes, ministre d'Etat, par Vangelisty d'après Callet.

267. PROSPER JOLIOT DE CRÉBILLON, par Baléchou d'après Avel.

268. MADAME DE SÉVIGNÉ, gravé par Delegorgue d'après Nanteuil.

269. GRAND NOMBRE DE PORTRAITS DE CÉLÉBRITÉS BOURGUIGONNES parmi lesquels Piron, Jeannin, Rameau, Saumaise, Denon, Crébillon, Legouz de Gerland, etc., etc.

ÉMAUX

270. LA FLAGELLATION, émail polychrôme du XVIe siècle.

271. JÉSUS ET SAINTE MADELEINE, émail rehaussé d'or, XVIe siècle.

272. VIERGE AVEC L'ENFANT JÉSUS TENANT UNE COLOMBE ET SAINT JEAN, émail polychrôme rehaussé d'or du XVIe siècle.

273. HERCULE TUANT LE CENTAURE, émail du XVIe siècle..

274. LES DOUZE CÉSARS ovale, polychrôme.

Hauteur, 0 m. 07 c.

275. VIERGE émail, du XVIIe siècle.

DIVERS

276. Les insignes authentiques de la compagnie de la Mère folle de Dijon, gravés dans Dutillot,

Le guidon de la compagnie,

Le bâton,

Le bonnet en soie jaune et verte, avec ses grelots,

La marotte,

Le jambon.

Tous ces objets du XVIe siècle de la célèbre frondeuse compagnie sont très bien conservés.

277. Petit cadre en écaille et ébène. . . . . 20 f.

Hauteur, 0 m. 25 c. — Largeur, 0 m. 20 c.

278. Inscription tombale en bronze, de 1498.

279. Une poire a poudre en corne de cerf, gravée aux armes de Bourgogne.

280. Trophée d'armures, modèle en terre cuite, des trophées qui ornent l'entrée de l'Hôtel-de-Ville de Dijon. . 18 f.

281. Deux petites têtes d'anges, terre cuite, par Dubois.

282. Un petit coffret en fer gothique, bien conservé et très fin.

283. Deux bustes en albâtre, personnages coloriés.

Hauteur, 0 m. 38 c.

284. Vases en plomb provenant de la rotonde de Saint-Bénigne.

285. Grand médaillon en bronze, le président Jeannin, par Desprez.

286. Un plat de Palissy, représentant le baptême.

287. Deux cadenas, une romaine et divers fragments de ferronnerie.

288. Cinq cuivres gravés, deux la porte de Condé, l'obélisque du canal, la Vierge et les armes des barbiers d'entre deux monts.

289. Deux moules a gauffres en fer fleurdelisé.

290. Deux écus ovales en fer repoussé aux armes des Commeaux et des Phalletant, surmontés d'une couronne de marquis en fer repoussé.

291. Chenets gothiques en fer, statuette de femme et armorié aux armes de Bourgoin.

292. Deux chenets gothiques en fer, ornés de fleur de lis et têtes de femme.

293. Un socle en bois orné de cinq bas-reliefs en cuivre, partie supérieure, la Vierge abritant les abbés de Citeaux : sur les quatre faces, la Présentation au temple, Jésus au jardin des Oliviers, la Nativité et la Résurrection.

294. Reproduction en bronze du Saint-Georges du rétable des Ducs de Bourgogne, au musée de Dijon.

295. Vase en bronze, au fond Adam et Eve, repoussé.

296. Grand plat en cuivre repoussé, représentant deux Israélites rapportant un énorme raisin de la Terre promise.

297. Chimère en bronze, cimier d'un casque du xve siècle. . . . . 140 fr.

298. Un étui en cuivre gauffré.

299. Bague, pierre gravée, montée en or, trouvée à Nimes.

300. Bas-relief en albâtre, représentant la sainte Vierge foulant au pied un dragon.

Hauteur, 0 m. 15 c. — Largeur, 0 m. 08 c.

301. Reproduction des bustes de Philippe-le-Hardy, Marguerite de Flandre, Hoin, saint Bernard, Legouz de Gerland, etc., au nombre de quinze.

302. Bas-relief en albâtre, représentant Diane chasseresse.

Hauteur, 0 m. 15 c. — Largeur, 0 m. 20 c.

303. Deux socles gothiques en albâtre.

Largeur, 0 m. 25 c. — Hauteur, 0 m. 15 c.

304. Inscription mortuaire de Bénigne de Requelègne, vicomte mayeur de la ville de Dijon.

305. Grand plat en cuivre repoussé, représentant saint Christophle.

306. Trois paix en cuivre.

307. Une divinité indienne en pierre.

308. Custode en étain.

309. Armoirie des Saulx de Tavannes en cuivre.

310. Plaque en plomb avec inscription provenant du tombeau de saint Bénigne.

311. Vitrine, 30 pièces fossiles, défense d'éléphant, fémur de mastodonte, bois pétrifié, etc.

312. Une fontaine en fer blanc repoussé, composé d'un vase très riche, supporté par un mascaron et cuvette.

313. Tapisserie représentant saint Antoine. Cette tapisserie figurait sur la bannière de la corporation des bouchers de Dijon.

314. DEUX MAROQUINS aux armes de Cîteaux.

315. TABLETTE de cire servant à inscrire les messes de fondation provenant de l'abbaye de Cîteaux.

316. PORTRAIT de Demartinécourt, peintre. Terre cuite par Ramey père.

317. BAS-RELIEF en terre cuite, courrier et postillon conduisant une voiture ; qui décorait l'hôtel de la poste de Dijon, par Ramey père.

ANTIQUITÉS

318. TRENTE HACHES ET COUTEAUX en silex, serpentine et diverses pierres celtiques.

319. UN GYMNASTE VAINQUEUR, statue antique, grandeur naturelle, trouvée à Savigny-sous-Beaune.

320. UNE TÊTE DE FEMME ANTIQUE, en marbre, grande dimension, le nez fracturé, trouvée dans la Saône.

321. TRENTE AGRAFES de diverses grandeurs, niellées d'argent, mérovingiennes.

322. AUTEL en marbre, de forme ronde; le fût est orné de têtes de bœuf et de guirlandes de fruit.

Hauteur, 0 m. 60 c.

323. UNE STATUETTE DE MERCURE, en bronze.

Hauteur, 0 m. 20 c.

UN GLADIATEUR, statuette bronze, un bras et un pied manquent.

Hauteur, 0 m. 07 c.

STATUETTE PETIT GÉNIE AILÉ.

Hauteur, 0 m. 12 c.

Un bras d'enfant.

Hauteur, 0 m. 18 c.

Statuette bronze petit Mercure, Romains.

Hauteur, 0 m. 08 c.

324. Grand Vase à anse en bronze, servant à contenir l'eau lustrale, trouvé dans la Saône, au Châtelet.

325. Vase gallo-romain, en bronze, découvert à Pourlans (Saône-et-Loire).

326. Casserole en bronze, ornée de petits ornements très fins, trouvée au Mont-Auxois et plusieurs autres de différentes formes.

327. Vase gallo-romain, en bronze, qui servait pour les sacrifices, trouvé dans la Saône.

328. Vase en bronze, à doubles goulots.

329. Haches et Coins en bronze, de diverses formes et grandeurs.

330. Vase en bronze, anse ornée d'une tête de femme.

331. Casserole en bronze, la poignée terminée par deux têtes de cygne, trouvée dans le Doubs.

332. Quatre cents objets en bronze, tels que bracelets, clefs, fibules, styles, lampes, anneaux, agrafes, colliers, bagues, phallus, etc. ; plusieurs de ces objets sont très remarquables, ils ont été la plupart trouvés dans la Saône.

333. Quinze objets gallo-romains, tombes, bas-reliefs et inscriptions, groupe gallo-romain en pierre.

334. Un Glaive en bronze, lame large.

Hauteur, 0 m. 45 c.

335. Vingt Vases en verre, irisés, lacrymatoires, funéraires, de diverses formes et différentes grandeurs, gallo-romains.

336. Un Flacon, figures sur les quatre faces.

Un petit Bacchus en bronze.

Hauteur, 0 m. 06 c.

Un petit buste de femme.

Hauteur, 0 m. 06 c.

Une tête de Méduse.

Hauteur, 0 m. 07 c.

Un poids de romaine à double face.

Sept petits animaux en bronze, sur socle.

Un petit chandelier.

Hauteur, 0 m. 08 c.

337. Vingt Clefs diverses, en fer et bronze.

338. Vingt-trois Clefs agrafes et Cuillers en bronze.

339. Quatre Umbo, un grand Fauchard, et quarante autres armes en fer, Scramasax, Francisque, Lance, etc.

340. Cinq Amphores de différentes grandeurs et environ cent-vingt Pots et Coupes de différentes formes et différentes grandeurs, gallo-romains.

341. Douze Haches en bronze, variées de forme de différentes grandeurs.

342. Un grand Vase étrusque richement décoré de scènes mythologiques et six autres de diverses formes et grandeurs.

Et un grand nombre d'objets non catalogués seront vendus au commencement des vacations.

Cette vente a produit 49.964 fr.

DIJON IMPRIMERIE DARANTIÈRE, RUE CHABOT-CHARNY.

www.ingramcontent.com/pod-product-compliance
Ingram Content Group UK Ltd.
Pitfield, Milton Keynes, MK11 3LW, UK
UKHW020506180726
13839UKWH00004B/1942